A mi sobrino Lucas
Ana Galán

*A los lectores, para que vuelen
mas alto que un dragón*
Pablo Pino

Lo que pasó hasta ahora...

En el pueblo de Samaradó están ocurriendo cosas muy extrañas. El dragón de Cale, Mondragó, se llevó un libro del castillo del alcalde Wickenburg. Era un libro muy especial, llamado Rídel, que podía hablar. Rídel les contó a Cale, Mayo, Casi y Arco que debían ir al Bosque de la Niebla porque un verdugo encapuchado estaba talando los árboles parlantes.

Cuando los cuatro amigos fueron al Bosque de la Niebla, vieron que, efectivamente, muchos árboles habían desaparecido y conocieron al Roble Robledo, un viejo árbol que les encomendó una misión: debían buscar

seis semillas para plantarlas en el bosque en una noche de plenilunio y así recuperar los árboles parlantes.

Gracias a las pistas que les iba dando Rídel, encontraron la primera semilla en la secuoya, el árbol más alto de Samaradó, situado en la cima de la peligrosa Colina de los Lobos, donde Mondragó estuvo a punto de terminar malherido cuando le atacó una jauría de lobos rabiosos.

La segunda semilla estaba en el laberinto del baobab, un entramado de túneles subterráneos que transporta el agua almacenada en el árbol para regar las cosechas. Dentro del laberinto, a Cale, Mayo y Arco les atacaron unas ratas rabiosas y tuvieron que enfrentarse cara a cara con Murda, el hijo del alcalde y su peor enemigo. Afortunadamente lograron salir sanos y salvos y finalizar su misión.

Cuando se disponían a recuperar la tercera semilla, Cale descubrió que el malvado de Murda y su primo Nidea habían raptado a Mondragó. Para recuperarlo, Arco tuvo que ponerse la armadura y enfrentarse al diabólico Nidea en una justa. La pelea fue intensa, pero Arco salió triunfante. Una vez

a salvo, fueron a la cabaña de Curiel donde los perversos primos habían escondido a Mondragó. Muy cerca de allí, en el Lago Rojo, descubrieron que la siguiente semilla estaba en el banyán, un árbol protegido por cientos de pirañas hambrientas. Mayo tuvo que armarse de gran valor para meterse en un improvisado barco y recuperarla.

A la mañana siguiente, Cale recibió un extraño mensaje de Curiel, el curandero que estaba encerrado en las mazmorras. Cale se disfrazó de niña para ir a verle, pero Murda y su padre lo atraparon y lo encerraron en las mazmorras con el débil anciano. Curiel le

dio un mapa a Cale que envió con su paloma a sus amigos. Después Cale descubrió una trampilla en la celda por la que se escapó hasta llegar a las Cuevas Invernadero. Allí encontró a sus amigos y recuperaron no solo la cuarta semilla sino también unos misteriosos libros parlantes. Cuando pensaban que todo había salido bien, apareció el verdugo con su dragón. Por suerte, Mondragó estornudó sobre unos montones de paja seca y provocó un incendio que ayudó a los chicos a escapar entre las llamas sin que el verdugo los viera.

Mientras el equipo de rescate apagaba el fuego, los cuatro amigos fueron al castillo de

Cale para esconder la semilla y los libros parlantes. Rídel reveló que la quinta semilla estaba en el Parque del Tule, pero cuando los cuatro amigos fueron a buscarla, el lugar estaba lleno de gente y decidieron volver por la noche. Cale regresó a su castillo y su padre le contó que Wickenburg había puesto precio a la cabeza de Curiel. Por la noche, Cale fue a las dragoneras y descubrió que Curiel estaba allí escondido. El curandero le entregó la quinta semilla que había conseguido su hurón del árbol del Tule e intentó avisar a Cale de que no regresara al parque. Pero Cale no escuchó y cuando llegó y se encontró con Arco, ¡Murda les había tendido una trampa y había llamado al Comité! ¡A Cale y a Arco los acusaron de destrozar el árbol del tule! El Comité decidió que los dos chicos permanecerían castigados en sus castillos hasta que decidieran qué hacer con ellos.

¿Cómo van a recuperar la última semilla ahora que están castigados?

¿Por qué Casi y Mayo no aparecieron esa noche en el Parque del Tule como habían acordado?

¿Por qué Curiel quiere ayudar a los chicos?

¿Conseguirá Wickenburg atrapar a Curiel?

Descubre eso y mucho más en esta nueva aventura de Mondragó.

CAPÍTULO 1

La cacería humana

El sonido de un cuerno de caza se propagó por el cielo de Samaradó. La luz del amanecer empezaba a asomarse detrás de las Montañas de Drago mientras decenas de hombres y mujeres acudían al castillo del alcalde Wickenburg armados hasta los dientes. Estaba a punto de comenzar la cacería humana, la búsqueda de Curiel, el viejo curandero,

que se había escapado de las mazmorras y se había dado a la fuga. Wickenburg había ofrecido cien mil samarales a quien lo encontrara… vivo o muerto.

Cale se despertó sobresaltado al oír la llamada y unos pasos acelerados que subían y bajaban las escaleras de su castillo. Salió de la cama y buscó a Mondragó. Pero su dragón no estaba en la habitación. El padre de Cale le había prohibido entrar en el castillo hasta que

estuviera bien adies-
trado, y había pasa-
do la noche en las
dragoneras.

En la esquina de
la habitación Cale
vio la jaula de su pa-
loma. Dentro, esperaba
pacientemente la paloma

mensajera de Mayo. La de Cale todavía no
había regresado desde que la envió al castillo
de Casi la noche anterior. ¿Dónde se habrían
metido su amigo y su paloma? Casi no había aparecido en el Parque del Tule como
acordaron. «Bueno, por lo menos a él no lo
pillaron ni lo castigaron sin salir como a mí»,
pensó Cale. Pero ¿estaría bien? Tendría que
averiguarlo más tarde. En ese momento debía
descubrir qué estaba pasando.

Cale abrió la puerta de su habitación, se
asomó por las escaleras y, en la puerta principal, vio a sus padres a punto de salir. Su

padre llevaba la pechera de su armadura y una lanza. Su madre también se había vestido como si fuera de caza. Cale bajó corriendo las escaleras.

—Papá, ¿qué ocurre? ¿Por qué os habéis vestido así?

—Vamos al castillo de Wickenburg —explicó el Sr. Carmona—. La operación de búsqueda y captura de Curiel ya está en marcha y queremos asegurarnos de que nadie cometa ninguna tontería. La gente es capaz de hacer cualquier cosa por dinero.

—¿Cualquier cosa? —preguntó Cale con los ojos muy abiertos—. ¡No dejarás que hagan daño a Curiel! ¿Verdad?

Cale recordó la noche anterior cuando se había encontrado al curandero escondido en las dragoneras de su castillo. Sabía perfectamente que él no era el verdugo. El anciano nunca se dedicaría a talar los árboles del bosque donde conseguía sus raíces y plantas medicinales.

De pronto Cale pensó que Curiel seguramente seguía en las dragoneras. ¿Lo encontrarían sus padres cuando fueran a buscar a sus dragones? Y si lo encontraban, ¿lo entregarían al perverso Wickenburg? Una sensación de miedo se apoderó de él.

—Papá, ¿puedo ir con vosotros? Te prometo que…

—Cale —le interrumpió su padre levantando la mano—. Creo que no debo repetirte

que estás castigado. Tienes absolutamente
prohibido salir de tu habitación. Cuando
terminemos con este asunto ya veremos qué
hacemos contigo y con Arco. No pienso permitir que os escapéis por la noche y andéis
por ahí buscando problemas.

—Pero… —protestó Cale.

—No hay peros que valgan —contestó se-
camente su madre—. Te quedarás aquí con
Nerea y a la vuelta ya hablaremos.

¡TURÚ! ¡TURUUUUÚ!

La llamada a la cacería volvió a sonar en el aire. Cale se asomó por la puerta. En el cielo vio cuatro dragones que volaban en dirección al castillo de Wickenburg. Sus jinetes llevaban armas, redes y cuerdas. ¿Cuánto tardaría la expedición en llegar a su castillo y registrar las dragoneras? ¡Curiel no estaba seguro en ninguna parte! ¡Tenía que ayudarlo!

—¿Puedo ir con vosotros a las dragoneras para dar de desayunar a Mondragó? —insistió Cale.

—¡Cale Carmona! —retronó su padre—. Te lo repito por última vez: no puedes salir ab-so-lu-ta-men-te para nada. ¡No hay excusas que valgan! Nosotros le daremos de comer a tu dragón. Ahora tenemos que irnos antes de que se haga más tarde. ¡Nerea! —llamó su padre. La hermana de Cale apareció por el pasillo—. Por favor, encárgate de que tu hermano se quede aquí.

—¿Qué? ¡No es justo! ¡Yo tenía planes! —protestó Nerea—. ¿Por qué tengo que quedarme yo a cuidar del bebé? —dijo mirando a Cale con mala cara.

¡TURÚ! ¡TURUUUUÚ!

—¡Debemos irnos inmediatamente! —apremió la madre de Cale—. Chicos, portaos bien. No queremos más problemas.

Los padres de Cale salieron del castillo y se dirigieron a toda velocidad a las dragoneras. Cale se quedó mirando cómo abrían la puerta.

«Por favor, Curiel, escóndete», pensó.

Al cabo de unos minutos, el señor Carmona salió montado en su imponente dragón Kudo y la señora Carmona apareció detrás en su dragona Karma. Miraron a sus hijos con cara de preocupación, se despidieron con la mano y, con un ligero toque de talones, los dragones alzaron el vuelo en dirección al castillo de Wickenburg.

«No han visto a Curiel. ¡Menos mal! ¿Seguirá escondido en el altillo de la paja?», se preguntó Cale aliviado.

—Vamos —Nerea interrumpió sus pensamientos—. Ya has oído a papá y a mamá. Métete en tu cuarto y no hagas tonterías que tengo muchas cosas que hacer.

—Sí, ya, como pintarte las uñas y esos asuntos tan importantes —se burló Cale aunque sabía muy bien que su hermana iba a estar vigilándolo.

Cale pasó a su lado y se dirigió a las escaleras para ir a su habitación. Pero en ese momento recordó algo. ¡Las semillas escondidas! No podía arriesgarse a dejarlas en la biblioteca por si a alguien se le ocurría investigar.

—Oye, Nerea, como tengo que pasarme todo el día en mi habitación, voy a ir a la biblioteca a coger un libro —le dijo a Nerea.

—Pues rápido, que quiero terminar de desayunar y después quiero bañarme, y necesito comprobar que te has metido en tu cuarto —contestó Nerea dándose la vuelta y yendo a la cocina.

Cale entró corriendo en la biblioteca. Subió las escaleras de madera y encontró el libro hueco donde había guardado las semillas. Lo abrió; dentro brillaba la semilla azul del baobab, la roja de la secuoya, la verde del arbopán y la dorada del banyán. La quinta

semilla, la que le había dado Curiel la noche
anterior, la tenía guardada en su bolsa en la
habitación.

Cale cerró el libro, salió de la biblioteca y
subió a su cuarto. Una vez dentro, cerró la
puerta y metió la quinta semilla en el libro
hueco y se tumbó en la cama. Tenían cinco
semillas, pero ahora que estaba castigado, su
paloma mensajera no había vuelto y no tenía
manera de comunicarse con sus amigos, era
imposible recuperar la última.

¿Qué iba a hacer?

CAPÍTULO 2

Un movimiento arriesgado

Cale estaba desesperado. Se levantó de la cama y empezó a dar vueltas por su cuarto intentando buscar una solución. De pronto, vio algo que brillaba en el suelo. Era Rídel. El libro parlante desprendía una luz intensa de color verde.

Cale se acercó y lo cogió, pero no se atrevió a abrirlo. No quería decirle que su misión había fracasado. Esa misma noche, la luna llena brillaría en el cielo y ellos no conseguirían llegar al Bosque de la Niebla a tiempo con las seis semillas. Cale sintió en sus manos los latidos lentos del libro y el calor que despedía de sus tapas. La luz verde empezó a parpadear, haciéndose cada vez más intensa.

«Quiere hablar conmigo», pensó Cale. «Bueno, tarde o temprano tendrá que saber lo que está pasando».

Se sentó en el suelo y lentamente abrió la tapa del libro. Las hojas estaban en blanco. Poco a poco empezó a aparecer la imagen de unas montañas escarpadas. La silueta rocosa de la cresta montañosa tenía forma de cuerpo de dragón y resaltaba sobre un cielo azul brillante. Rídel carraspeó y su voz sonó entre las hojas mientras sus palabras se dibujaban en las páginas abiertas.

Libera a tu dragón
de collares y ataduras
y él solo la hallará
sin ningún lugar a dudas.

En cuanto terminó de hablar, en el pico de la montaña más alta se dibujó la silueta de un extraño árbol. Tenía un tronco fino y la copa formada por un entramado de ramas en forma de abanico. De las puntas de sus ramas salían unas pequeñas hojas afiladas y verdes. De pronto, en una de las ramas apareció una esfera negra como el azabache que brillaba intensamente.

«La sexta semilla», pensó Cale observando maravillado la imagen.

Rídel le estaba indicando dónde debía encontrarla. Estaba claro que no sabía lo que había sucedido la noche anterior ni que Cale estaba castigado sin salir.

—Rídel, yo no puedo… —empezó a decir Cale en voz baja—. Mis padres… me han…

La voz de Rídel volvió a sonar interrumpiendo a Cale.

No es humano, es un dragón
quien debe recuperarla.
Sin su collar ni sus riendas
el dragón irá a buscarla.

—¿Cómo? —preguntó Cale confundido—. ¿Quieres que vaya Mondragó SOLO a recuperar la semilla? ¡Eso no tiene ningún sentido! ¡Mondragó se perdería o acabaría persiguiendo a una ardilla y olvidándose de lo que tiene que hacer! ¡Imposible!

Rídel tardó unos segundos en contestar. Por fin volvió a hablar.

**Del valor de tus amigos
nunca debes dudar.
Deja que te demuestren
lo que pueden alcanzar.**

Cale se quedó pensando en lo que acababa de decir Rídel. No es que desconfiara de Mondragó, es que su dragón no era como los demás. ¡Ni siquiera podía volar! ¿Cómo iba a llegar a la Montaña de Drago? ¿Cómo iba a saber lo que tenía que buscar allí y cuándo debía regresar? ¡Era un disparate! ¡Rídel había perdido la cabeza! Mientras Cale recapacitaba, oyó un ruido muy fuerte a lo lejos.

¡Disparos!

¡PUM! ¡PUM! ¡PUM!

¡Tres más! ¡La cacería había comenzado! Cale se asomó por la ventana asustado. ¿A quién estaban disparando? ¿Habrían encontrado a Curiel?

Un segundo más tarde, la puerta de su cuarto se abrió de par en par.

—¿Has oído eso? —preguntó Nerea sobresaltada.

—¡Sí! —contestó Cale—. Nerea, creo que deberíamos ir a ver qué está pasando.

—¡Ni hablar! —espetó Nerea—. ¡Tú no vas a moverte de aquí! Ahora mismo pienso cerrar todas las puertas del castillo con llave. No me fío ni un pelo de ti. También cerraré la tuya mientras me baño.

—¡Nerea, escucha! —protestó Cale.

Pero Nerea no escuchó. Cerró la puerta y Cale oyó el ruido de la llave en la cerradura.

«Lo que me faltaba», pensó Cale. «Me han encerrado como si fuera un prisionero en mi propio castillo».

¡PUM! ¡PUM!

Los disparos se hacían cada vez más frecuentes. Estaba claro que habían encontrado algo o a alguien…

—Rídel, tenemos que ir a ver qué está pasando —dijo Cale cerrando el libro y metiéndolo en su bolsa. Después metió el libro hueco con las cinco semillas y decidió—: ¡Nos vamos!

Cale se asomó a la ventana. Unas enredaderas subían por la pared del castillo. ¿Podría bajar por ellas? ¡No! Las ramas no aguantarían su peso. Miró a su alrededor y rápidamente ideó otro plan.

«¡Esto podría funcionar!» pensó. Sacó las sábanas de su cama y algo de ropa de su armario y las anudó, haciendo una tira muy

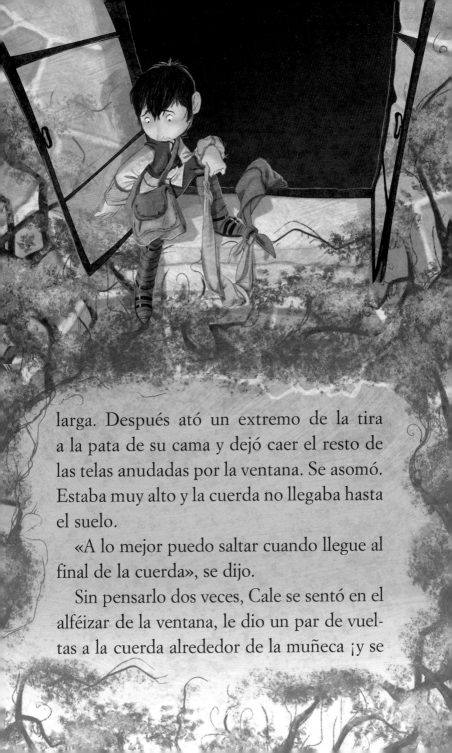

larga. Después ató un extremo de la tira a la pata de su cama y dejó caer el resto de las telas anudadas por la ventana. Se asomó. Estaba muy alto y la cuerda no llegaba hasta el suelo.

«A lo mejor puedo saltar cuando llegue al final de la cuerda», se dijo.

Sin pensarlo dos veces, Cale se sentó en el alféizar de la ventana, le dio un par de vueltas a la cuerda alrededor de la muñeca ¡y se

lanzó al vacío! Empezó a descender a toda velocidad.

Un metro… dos… tres ¡siete! De pronto, la cuerda pegó un fuerte tirón.

—¡Ay! —exclamó Cale al sentir la cuerda que se tensaba en su muñeca. Se quedó colgando pegado a la pared del castillo y volvió a mirar hacia abajo.

¡Estaba a tres metros del suelo! ¡Si saltaba seguro que se rompía algo! Debía trepar de vuelta para hacer la cuerda más larga. Miró hacia arriba y empezó su ascenso, pero lo que vio lo dejó helado. ¡Uno de los nudos se estaba deshaciendo!

«¡Me la voy a pegar!», pensó Cale intentando acelerar su escalada. Cuando apenas había conseguido subir medio metro, el nudo se deshizo del todo haciendo que Cale descendiera a toda velocidad.

—¡Noooooooo!

¡PLOP!

El golpe casi lo deja sin respiración. Tomó aire profundamente y permaneció unos minutos en silencio para comprobar que su hermana no lo había oído. De momento se había salvado y no parecía estar herido. Cuando intentó ponerse de pie, notó una punzada intensa en el tobillo. ¡Se lo había torcido al caer! Se frotó la pierna con la mano reprimiendo un grito de dolor. ¡Apenas podía andar!

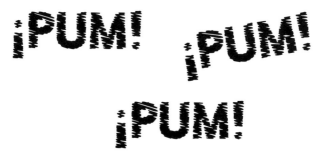

Sonaron tres disparos más. Esta vez estaban más cerca. ¡No podía quedarse ahí lamentándose! Con un gran esfuerzo, Cale se levantó, dio un paso, después otro y, poco a poco, fue cojeando hacia las dragoneras.

CAPÍTULO 3

¿Dónde está Curiel?

Después de un trayecto lento y doloroso, Cale por fin consiguió llegar a las dragoneras. Abrió la puerta con mucho cuidado, pero las bisagras chirriaron con fuerza delatándole. Cale se quedó inmóvil y miró al castillo para asegurarse de que su hermana no lo había oído. Una vez que comprobó que todo estaba en orden, abrió la puerta un poco más y se metió.

Mondragó, al ver llegar a su dueño, empezó a mover la cola alegremente. En el establo de al lado estaba Pinka, la dragona de colores de su hermana, frotándose las escamas del lomo contra la pared de madera. Cale se acercó a Mondragó y acarició la gran cabeza de su dragón.

—Hola, muchacho, no hagas ruido —dijo Cale. Recorrió con la mirada las dragoneras y llamó, intentando no hablar muy alto—: ¿Curiel?

No hubo respuesta.

—Curiel, soy yo, Cale —insistió—. ¿Estás aquí?

Nada.

Cale observó el altillo donde guardaban la paja y el pienso de los dragones. La última vez que vio a Curiel le había pedido que se escondiera ahí. Tenía que subir a ver si estaba. Puso el pie en el primer escalón y sintió una punzada aguda de dolor. Su tobillo ahora estaba muy hinchado y le costaba mucho trabajo mantenerse de pie.

—Curiel, por favor, asómate —rogó—. No puedo subir. Me he hecho daño en el tobillo.

El viejo curandero seguía sin dar señales de vida. Haciendo un gran esfuerzo y aguantando valientemente el intenso dolor, Cale ascendió por la estrecha escalera de madera. Cuando llegó arriba vio unas balas de paja, un montón de madera cortada y sacos de pienso apilados ordenadamente. Le pareció que una de las balas sobresalía más que las otras.

«A lo mejor está escondido detrás», pensó Cale.

Dio un par de pasos y, cuando estaba a punto de apartar la bala, apareció un animal negro entre la paja. Mostraba los dientes y bufaba amenazadoramente. Era el fiel hurón de Curiel.

—Tranquilo, tranquilo, no voy a hacerte nada —dijo Cale sobresaltado aunque algo más aliviado. Si el hurón de Curiel estaba en las dragoneras eso quería decir que su dueño no andaba lejos.

Cale acercó la mano muy lentamente a la bala de paja y la empujó hacia un lado. Por detrás, descubrió unos ojos protegidos por la capucha de una túnica andrajosa que le miraban temblorosos.

—¡Curiel! —exclamó Cale—. ¡Estás bien!

El viejo curandero estaba acurrucado entre la paja.

—Vengo a ayudarte —dijo Cale acercándose a él, pero en cuanto dio un paso, el hurón intentó morderlo—. ¡Eh, quieto! —gritó Cale apartándose de un salto.

Curiel observó al muchacho. Después estiró la mano y chasqueó los dedos para llamar a su hurón. El animal fue a su lado obedientemente y se subió a su hombro, sin quitarle la vista de encima a Cale.

—Curiel, tenías razón. Sé quién es el verdugo. Anoche lo vi con mis propios ojos

—dijo Cale sentándose a su lado—. Por fin pude entender lo que querías decirme. Ahora tenemos que buscar la manera de demostrarlo, pero no sé muy bien cómo.

Curiel asintió lentamente. Después levantó las manos. Mostró los cinco dedos de una mano y un segundo más tarde, levantó un dedo de la otra mano.

—¿Seis? —preguntó Cale mirándolo con curiosidad—. ¿Te refieres a las seis semillas?

El curandero volvió a asentir. Estaba claro que el anciano sabía perfectamente cuál era la misión de Cale y quería ayudarlo. Cale recordó lo que le había dicho Rídel. Para conseguir la sexta semilla debía liberar a su dragón. ¡Liberar a Mondragó! Seguía pareciéndole un disparate. Cale se asomó por el altillo y vio que, en esos momentos, Mondragó se dedicaba a perseguir una mosca que se había colado por la ventana. El dragón corría de un lado a otro levantando una nube de paja por los aires. No, Mondragó nunca sería capaz de conseguir él solo la semilla.

—La sexta semilla está en las Montañas de Drago y se supone que mi dragón tiene que ir a buscarla sin mi ayuda, pero yo creo que eso es imposible —explicó Cale.

Curiel negó con la cabeza. Tomó al hurón en sus brazos y lo acercó a Cale.

—¿Tu hurón? ¿Estás diciendo que tu hurón puede acompañar a Mondragó?

El curandero sonrió dejando ver sus encías desdentadas.

—Pero ¿cómo sabes que va a funcionar? ¿Qué pasará si Mondragó no vuelve nunca más? ¿Estás seguro de que esta es la única manera de desenmascarar al verdugo? —preguntó Cale agobiado—. ¿Puedes garantizarme que esto no es un disparate?

Curiel se llevó la mano al corazón y movió la cabeza para asentir seriamente.

Cale se quedó pensando. ¡Era una locura! No tenía ningún sentido. Intentó levantarse, pero su tobillo estaba peor y no podía poner peso sobre la pierna herida.

Curiel se acercó a Cale y observó el tobillo. Después agarró un par de tablas entre las maderas apiladas, puso un poco de paja para cubrir la zona herida y le entablilló la pierna atando las tablas con una cuerda.

Cale intentó levantarse otra vez. Todavía le dolía mucho, pero por lo menos podía andar.

—Gracias —dijo—. Esto es de gran ayuda. Ahora creo que será mejor que bajemos a ver a Mondragó y decidamos qué hacer.

Curiel y Cale bajaron las escaleras del altillo. Cale se acercó a su dragón y lo volvió a acariciar. Mondragó se tumbó en el suelo para que le rascara la tripa.

—Mondragó, no es momento de juegos. Escucha con atención —dijo Cale—. Lo que

estoy a punto de hacer es una verdadera locura, pero tengo que confiar en ti. Tú eres el único que puede salvar a Curiel y el Bosque de la Niebla. ¿Lo entiendes?

Mondragó se levantó. Olisqueó a Cale y de pronto, echó la cabeza hacia atrás, cerró la boca con fuerza y...

¡ACHÚS!

Estornudó ruidosamente lanzando una pequeña llamarada por la nariz que hizo prender la paja de su establo. Cale la pisó inmediatamente, ignorando el dolor de su tobillo.

—Así no empezamos bien —dijo. Una vez apagadas las llamas, volvió a mirar a su dragón. Mondragó lo observaba atentamente, como si estuviera esperando instrucciones. Cale decidió que debía arriesgarse—. Espero que Curiel tenga razón. Mondragó, eres nuestra única esperanza —dijo. Abrazó a su dragón y después le quitó el collar.

Mondragó al sentirse completamente liberado, empezó a moverse inquieto por el pequeño establo para intentar salir. ¡Estaba lleno de energía y parecía que quería ponerse en movimiento inmediatamente! Por fin saltó la puerta de su establo y corrió hasta la puerta de las dragoneras. La empujó con el morro, pero afortunadamente estaba bien cerrada.

Curiel dejó a su hurón en el suelo y el animal corrió a subirse al lomo de Mondragó.

Cale se acercó a su dragón. Nunca lo había visto así. Mondragó ni siquiera lo miraba. Estaba pegado a la puerta y la golpeaba con sus patas delanteras.

—Espera un momento —dijo Cale—. Tengo que comprobar que Nerea no está mirando.

Cale empujó a su dragón para acercarse a la puerta y la abrió ligeramente, pero en cuanto lo hizo, Mondragó la abrió con el morro ¡y se escapó! ¡Antes de que Cale pudiera reaccionar, salía disparado por el camino de tierra con el hurón subido a su espalda!

—¡No, espera! —gritó Cale.

Demasiado tarde. Mondragó se alejaba a toda velocidad y ya estaba cruzando el puente del castillo. Muy pronto se perdió de vista.

Cale miró a Curiel y el anciano se acercó y le puso la mano en el hombro para tranquilizarlo.

—¿Qué he hecho? —dijo Cale llevándose una mano a la cabeza. En la otra seguía sujetando el collar de Mondragó—. ¡Mondragó se ha escapado! ¡Nunca debí haberle quitado el collar! ¡Ahora sí que me he metido en un buen lío!

Mientras Cale seguía observando el puente por el que acababa de cruzar su dragón, arrepentido de su decisión, vio que por el cielo se acercaba un grupo de dragones volando. Sobre los dragones iban hombres y mujeres armados. ¡La expedición de búsqueda y captura! ¡Iban directos a su castillo!

—¡Oh, no! —exclamó—. ¡Vienen hacia aquí! ¡Tenemos que alejarnos inmediatamente!

Curiel se asomó por la puerta y al darse cuenta de lo que estaba pasando, empezó a temblar. Sabía que si lo encontraban, acabaría en manos de Wickenburg... o algo peor.

Cale vio que el anciano se había quedado inmóvil del miedo. Lo agarró de la mano y empezó a tirar de él para que saliera de las dragoneras.

—¡Rápido, Curiel! —dijo Cale mirando hacia el cielo—. ¡Están muy cerca! ¡Vamos!

El anciano y el chico por fin salieron y consiguieron esconderse detrás de unos matorrales justo antes de que los dragones aterrizaran delante del castillo. Los jinetes desmontaron y miraron a su alrededor. Cale se agachó y le hizo un gesto a Curiel para que permaneciera escondido. Uno de los jinetes, un hombre corpulento que llevaba una ballesta atada a la espalda, se acercó dando grandes zancadas a la puerta del castillo. El resto del grupo lo siguió. El hombre

golpeó con fuerza la puerta del castillo con los nudillos.

TOC TOC TOC

Unos segundos más tarde, Nerea abrió la puerta.

CAPÍTULO 4

Huida desesperada

—*Tenemos que alejarnos* de aquí —le susurró Cale a Curiel mientras veía cómo su hermana hablaba con el hombre de la ballesta.

Nerea abrió la puerta e invitó al grupo a entrar al castillo. En cuanto la última persona cruzó la puerta, Cale se levantó, tiró del brazo de Curiel y exclamó:

—¡Ahora! ¡Corre todo lo rápido que puedas!

Cale y Curiel salieron agazapados entre los matorrales. Con cada paso que daba, Cale notaba un pinchazo de dolor que le recorría toda la pierna. La tablilla que le había puesto Curiel ayudaba, pero su tobillo estaba cada vez peor.

Siguieron huyendo sin mirar hacia atrás y consiguieron cruzar el puente del castillo de Cale y llegar a una zona de árboles. Afortunadamente la vegetación era bastante espesa y podían esconderse sin que los vieran.

Curiel avanzaba a duras penas. El hombre estaba muy débil y era muy mayor y no podía seguir corriendo mucho más.

Cale también necesitaba un descanso. La pierna le dolía mucho y tenía que sentarse. Vio unos matorrales a lo lejos y llevó al anciano hasta allí. Se escondieron entre las ramas y se sentaron en el suelo.

—Esto va de mal en peor —susurró Cale—. Seguro que Nerea ya ha descubierto que me he escapado y no tardará mucho en avisar a mis padres.

Efectivamente, nada más decir esas palabras, Cale vio una paloma mensajera que sobrevolaba por encima de ellos. Era la paloma de Nerea. Debía de llevar un mensaje para sus padres. Pronto, todos los del pueblo empezarían a buscarlo a él también.

Cale apoyó la espalda contra una roca jadeando. El dolor de su pierna era demasiado intenso para continuar.

—No sé cuánto tiempo podré resistir así —dijo frotándose el tobillo.

Curiel lo observó y, de repente, se puso de rodillas y empezó a gatear por el suelo.

—¿Qué haces? —dijo Cale jadeando. Unas gotas de sudor le caían por la frente—. Deberías esconderte.

Curiel siguió gateando mientras arrancaba plantas con una mano y estudiaba el terreno. De pronto, sonrió y empezó a escarbar en la tierra. Cale lo observaba

preocupado. «A lo mejor se ha vuelto loco», pensó.

Después de remover la tierra durante un buen rato, apareció una extraña seta de un color anaranjado intenso. Curiel la desenterró con mucho cuidado, desprendió el tallo y empezó a amasar la parte de arriba entre sus manos. Los dedos se le tiñeron de color naranja. Cuando consiguió hacer una pasta, escupió encima y siguió amasando la mezcla.

«Qué asco», pensó Cale.

Unos minutos más tarde, Curiel regresó donde estaba Cale y se sentó a su lado. Puso la masa encima de una piedra y procedió a quitarle al chico la tablilla del tobillo. El curandero le examinó la pierna y Cale hizo verdaderos esfuerzos para no gritar. Tenía el tobillo muy hinchado. Con dos dedos, Curiel cogió un poco de la mezcla que había hecho y se la aplicó a Cale por todo el tobillo. Inmediatamente, Cale empezó a notar que el dolor estaba desapareciendo. La inflamación empezó a bajar. Cale sonrió aliviado. El curandero sabía perfectamente lo que hacía. Unos minutos más tarde, se sentía como nuevo.

—¡Gracias! ¡Ya no me duele nada! —dijo Cale frotándose el tobillo sorprendido—. ¿Aprendiste todo esto de los árboles parlantes?

Curiel sonrió. El curandero sabía mucho más de lo que parecía. Su vida en el bosque no era tan solitaria como pensaban en el pueblo. Seguro que hablaba con los árboles parlantes y ellos le contaban sus secretos. ¡Con razón Curiel quería ayudar a salvarlos!

—Ahora necesitamos encontrar un buen escondite. Si nos quedamos aquí no tardarán en encontrarnos —dijo Cale—. El castillo de Casi está bastante cerca. Esa puede ser nuestra primera parada. ¿Estás listo para seguir?

Curiel asintió.

—Pues entonces no perdamos más tiempo —dijo Cale poniéndose de pie. Movió el tobillo. Estaba perfecto, como si nunca se hubiera hecho daño.

Curiel y Cale reanudaron su huida en dirección al castillo de Casi.

CAPÍTULO 5

El cobertizo de Casí

Cale y Curiel avanzaban muy despacio, intentando permanecer escondidos entre la vegetación. Cada vez que veían un dragón, tenían que esconderse y quedarse inmóviles hasta que pasara el peligro.

El sonido de los cuernos de caza sonaba sin parar. El cielo estaba surcado de dragones que iban de un lado a otro, rastreando hasta el último rincón del pueblo. De vez en cuando se oían disparos y rugidos aterradores de dragones furiosos. Al sonido de los

cuernos de caza se unió el de las cornetas que anunciaban la llamada urgente del Comité. La paloma mensajera de Nerea debía de haber localizado a los padres de Cale y estos se estaban movilizando para encontrar a su hijo.

Por fin, a lo lejos, Cale divisó el castillo de Casi. Si conseguían cruzar el puente, estarían salvados. O por lo menos eso pensaba Cale…

Cale estudió la situación desde detrás de unos árboles. En el corral del castillo de Casi descansaba Chico, el dragón verde de su amigo. Por suerte no estaban los dragones de sus padres. Al lado del castillo vio el cobertizo donde Casi se pasaba horas haciendo sus nuevos inventos. De la chimenea salía humo. Seguramente su amigo estaba allí. Pero entonces, ¿por qué no le había enviado una paloma mensajera? ¿Y qué había pasado con la paloma de Cale que le envió la noche anterior? Muy pronto lo averiguaría.

—El camino está libre —le dijo Cale a Curiel—. Un esfuerzo más y estaremos a salvo. ¿Estás listo?

Curiel asintió.

—¡Ahora! —exclamó Cale.

Curiel y Cale salieron corriendo una vez más. Cruzaron el puente y llegaron al cobertizo.

—Será mejor que entre yo solo —le dijo Cale a Curiel—. Escóndete detrás de ese montón de leña.

Curiel obedeció mientras Cale se acercaba a la puerta. No quería llamar por si su amigo estaba con alguien más. Se asomó por el ojo de la cerradura y vio a Casi. Estaba sentado en una mesa larga de madera y escribía algo muy concentrado. Parecía que estaba solo.

Cale giró el picaporte de la puerta y la abrió lentamente. En ese momento, Casi levantó la vista y al descubrir a su amigo casi se cae de la silla.

—¡CALE! —exclamó—. ¿Qué haces aquí? ¡Mis padres me contaron lo que pasó anoche! ¿No estás castigado? ¿Has oído los disparos? ¡Se han vuelto todos locos! ¡Van a matar a Curiel!

—Shhhh —dijo Cale llevándose un dedo a la boca—. ¡No grites!

Cale echó un vistazo al cobertizo para comprobar que no había nadie. El lugar estaba lleno de maderas, barrenas, escofinas, gubias, clavos, cadenas, cuerdas y pergaminos donde trazaba los planes de construcción de los aparatos más estrambóticos. Delante de él, había un pergamino clavado a la pared de madera. Era un mapa de Samaradó que había trazado el padre de Casi, el cartógrafo del pueblo. En la esquina estaba la jaula con varias palomas. Entre ellas, la de Cale.

—¿Por qué no viniste anoche? ¿Y por qué no me enviaste un mensaje con tu paloma? —preguntó Cale aliviado de comprobar que su amigo y su paloma estaban a salvo.

Casi miró hacia el suelo avergonzado. Se sonrojó y por fin contestó:

—Yo… este… es que me quedé dormido —confesó—. Estaba a punto de enviarte un mensaje… de verdad…

—Bueno, no pasa nada —dijo Cale comprensivamente—. Por lo menos te has librado de un buen castigo.

—Y tú, ¿qué haces aquí? —preguntó Casi—. ¿No se supone que estabas castigado?

Cale recordó que Curiel seguía escondido fuera.

—Nos hemos escapado y necesitamos tu ayuda —contestó Cale.

—¿Nos? ¿Necesitamos? —preguntó Casi confundido—. ¿Tú y quién más?

—Espérame aquí —dijo Cale. Salió del cobertizo y fue a buscar a Curiel que seguía escondido detrás de la leña.

Cuando volvió a entrar con el curandero, Casi soltó un grito de horror. ¡El chico seguía pensando que Curiel era el verdugo! Agarró un trozo de madera que había en el suelo y le amenazó con él.

—¡No te acerques! —exclamó intentando sonar muy valiente, aunque en realidad le temblaban las piernas.

—¡No, Casi! —dijo Cale bajando la madera—. Curiel es inocente. ¡El verdugo es Wickenburg!

—¿Qué? —Casi no salía de su asombro—. ¿Wickenburg? ¿Cómo lo sabes?

Cale cerró la puerta del cobertizo y le hizo un gesto a Curiel para que se sentara encima de un banco sólido de madera a descansar. Después le explicó a su amigo lo que había averiguado.

—Anoche, en el Parque del Tule —comenzó—, cuando llegaron los miembros del Comité, vi a uno de los dragones de Wickenburg de cerca. Demasiado cerca. —Cale sintió un escalofrío al recordar los dientes afilados del dragón cerca de su cara—. En su collar llevaba un emblema que reconocí inmediatamente. Es el mismo emblema que llevaba el dragón del verdugo en las Cuevas

Invernadero. ¡Wickenburg es el responsable!
¡Está talando los árboles parlantes del bosque
y los convierte en libros porque quiere domi-
nar la naturaleza y ser el hombre más sabio
del mundo! ¿Quién más sería capaz de hacer
eso? Además, mi padre me enseñó los carteles
de «se busca» que el alcalde había hecho en
SU IMPRENTA. ¡Nadie tiene una imprenta
en su castillo más que él!

Casi tenía la boca completamente abierta. No daba crédito a sus oídos. ¡Wickenburg! ¡El hombre más poderoso del pueblo estaba destrozando el bosque!

—Es horrible —dijo Casi—. ¡Wickenburg es un ser perverso! —Casi apretó los puños de rabia—. ¿Y Murda? ¿Está también involucrado?

—Sí —afirmó Cale—. Murda nos tendió una trampa a Arco y a mí. Dejó el hacha con la que había cortado el árbol del tule para que la cogiéramos. Arco no pudo evitar la tentación y, al agarrarla, dejó sus huellas dactilares por todas partes. Cuando llegaron los miembros del Comité al parque, Murda nos acusó y le dijo algo a su padre al oído, después Wickenburg consiguió convencer a todos de que nos castigaran para quitarnos de en medio.

—¿Y ahora qué vamos a hacer? —preguntó Casi—. ¿No deberíamos decírselo al Comité?

—¡Wickenburg está en el Comité y además, no tenemos pruebas! —contestó Cale—. Necesitamos encontrar la última semilla. Rídel y Curiel me han dicho que es la única manera de demostrarlo.

—¿Cómo vamos a ir a buscar la semilla con la gente del pueblo rastreando hasta el último rincón para encontrarte? —preguntó Casi.

Esta vez fue Cale el que bajó la mirada avergonzado. No quería confesar que había soltado a Mondragó y su dragón se había escapado, pero no le quedaba otro remedio. Su amigo debía saberlo.

—Nosotros... eh... no tenemos que encontrarla... es que... Mondragó... —empezó a decir. Tomó aire con fuerza y confesó—: Solté a Mondragó para que fuera a las Montañas de Drago con el hurón de Curiel a buscar la última semilla…

—¿QUÉ? —exclamó Casi—. ¡Cale, definitivamente has perdido la cabeza! ¡Nunca había oído una tontería más grande! ¿Cómo se te ocurre? ¡No solo no conseguiremos la semilla sino que además dudo de que tú recuperes nunca a tu dragón!

Cale sabía que su amigo seguramente tenía razón. Era muy probable que no volviera a ver a Mondragó. Nunca podría perdonarse un error tan grande.

Los tres se quedaron en silencio.

Su silencio fue interrumpido por el ruido de unos aleteos y unos rugidos feroces que venían del exterior.

—¡Ha llegado alguien! —gritó Casi. El chico corrió hasta la puerta y levantó una pequeña trampilla que había en la parte de arriba para ver quién era—. ¡OH, NO! ¡Los

miembros del Comité están aquí! ¡Están des-
montando! ¿Qué hacemos?

—Casi, tienes que escondernos
—dijo Cale.

CAPÍTULO 6

La llegada
del Comité

—*¡Rápido, por aquí!* —Casi se acercó a
la pared donde estaba clavado el mapa de
Samaradó y la empujó. ¡Al hacerlo, la pared
se movió! Por detrás dejó al descubierto una
pequeña habitación oscura—. ¡Es mi cámara
secreta! Aquí no os encontrarán. ¡Entrad!

Cale y Curiel se metieron en el pequeño
cuarto y Casi volvió a empujar la pared. En
el cobertizo no quedó ni rastro de ellos.

En ese momento, la puerta se abrió de par en par. Wickenburg entró dando pisotones, seguido del resto de los miembros del Comité: el padre de Cale, Antón, la madre de Casi y el herrero.

—¿Dónde están? —retronó Wickenburg inspeccionando el cobertizo y lanzando al suelo todo lo que se encontraba por el camino—. ¿Dónde se han metido?

Casi empezó a temblar. Le castañeaban los dientes. Ahora que sabía que Wickenburg era el verdugo, el miedo se había apoderado de él. No era capaz de decir ni una palabra.

—¡Pablo! —exclamó el padre de Cale llamándolo por su verdadero nombre. Se acercó al muchacho y le puso las manos en los hombros—. ¿Sabes dónde está mi hijo? Ha desaparecido con su dragón. ¡Tienes que ayudarnos!

Casi seguía temblando.

—Pablo, por favor, dinos si sabes algo —dijo Antón, el dragonero, acercándose al asustado muchacho—. La situación es muy grave.

—Yo... yo... —empezó a balbucear Casi.

Desde la cámara secreta, Cale observaba la escena a través de una rendija que había en la pared de madera. Curiel permanecía completamente inmóvil a su lado. Cale vio la cara de angustia de su padre y le entraron grandes remordimientos por ser el causante de su preocupación. Por un segundo, consideró salir y confesar todo, pero enseguida cambió de opinión.

«No», pensó. «Ahora que me he metido en este lío tengo que llegar al final. No puedo entregarme sin demostrar que Wickenburg es el culpable».

—Yo... yo... no sé nada —consiguió decir Casi todavía temblando.

—¡Mientes! —retronó Wickenburg acercándose amenazadoramente al muchacho—. ¡Dinos dónde está ahora mismo!

—¡Por favor, no me hagas daño! —rogó Casi tapándose la cara con las manos. El chico no paraba de tiritar.

—Wickenburg —la madre de Casi se interpuso entre su hijo y el alcalde—. Ya lo has oído. Mi hijo no sabe nada y es evidente

que Cale no está aquí. —Le dio la espalda a Wickenburg para tranquilizar a Casi—. Tranquilo, nadie va a hacerte ningún daño. Quédate aquí y si Cale viene o te enteras de algo, envíame una paloma mensajera inmediatamente.

—Sí, mamá —balbuceó Casi.

—No podemos seguir perdiendo más tiempo —interrumpió el padre de Cale—. Cale podría estar en peligro. ¡Salgamos inmediatamente a buscarlo!

La madre de Casi, el padre de Cale, el herrero y Antón salieron por la puerta y se subieron a sus respectivos dragones. Wickenburg iba detrás, pero antes de salir del cobertizo, se acercó una vez más a Casi y señalándolo con un dedo acusador lo amenazó:

—Más te vale no estar mintiendo o acabaré contigo.

A Casi le fallaron las piernas y cayó de rodillas al suelo, temblando.

—Nos volveremos a ver —dijo el alcalde antes de darse media vuelta y reunirse con el resto para subir a su dragón.

Cuando los cinco miembros del Comité estaban preparados para salir, Antón azotó su látigo en el aire y su dragón bicéfalo alzó el vuelo, seguido del resto del grupo.

Casi se quedó arrodillado en medio del cobertizo. El corazón le iba a mil por hora y se le saltaron las lágrimas. ¡No había pasado tanto miedo en su vida! Respiró con fuerza para intentar calmarse. Cuando se recuperó

un poco y comprobó que los miembros del Comité se alejaban por el cielo, abrió la puerta secreta.

—Ya se han ido. Podéis salir.

—Gracias, Casi, eres un gran amigo. Nos has salvado la vida —dijo Cale saliendo de su escondite y abrazando a su amigo.

—Cale, que se hayan ido no quiere decir que haya pasado el peligro —dijo Casi—. Wickenburg volverá. No piensa descansar hasta encontrarte. Tenías que haber visto sus ojos. Estaban rojos de furia —dijo Casi—. ¿Qué vamos a hacer ahora?

Cale se quedó callado. No tenía un plan. Había estado tan ocupado en proteger a Curiel y esconderse, que ni siquiera había pensado en qué iban a hacer. Miró a Curiel, esperando que el curandero tuviera una respuesta.

El anciano observó a los chicos durante un par de segundos, después se acercó a estudiar el mapa de Samaradó que había en la pared y al cabo de un rato, señaló con su dedo huesudo un punto en el mapa.

Casi y Cale se acercaron.

—¡El Bosque de la Niebla! —exclamó Cale—. ¿Es ahí donde debemos ir?

El curandero asintió.

—Pero ¿cómo? Nos descubrirán antes de llegar —dijo Cale.

Curiel señaló con el dedo otro punto del mapa, un lugar cerca de donde estaban. Después deslizó el dedo por la superficie del mapa marcando un trayecto desde el castillo de Casi hasta el Bosque de la Niebla. Los chicos lo observaban con curiosidad sin entender lo que quería decirles. Curiel percibió sus dudas y señaló al suelo. Después puso las manos en alto para indicar que el trayecto que había indicado iba por debajo del suelo.

—¡Un pasadizo secreto! ¿Eso es lo que quieres decir? —preguntó Cale.

Curiel asintió una vez más dejando asomar una sonrisa con sus encías desdentadas.

—¡Genial! ¡Vamos! —exclamó Cale dirigiéndose a la puerta.

—¡No, espera! —dijo Casi agarrándole del brazo—. Será mejor que esperemos a que oscurezca. Si salimos ahora nos verán. Además, ¿qué vamos a hacer en el Bosque de la Niebla si no tenemos la sexta semilla? ¿No se suponía que teníamos que llevar las seis cuando saliera la luna llena?

Cale miró a su amigo. Casi tenía razón. Debían darle tiempo a Mondragó para que regresara… si es que regresaba en algún momento.

—Está bien —dijo—. Esperaremos aquí y, en cuanto anochezca, nos pondremos en camino.

—Nos queda una larga espera —dijo Casi—. Esperadme aquí. Voy al castillo a buscar algo de comida y vuelvo enseguida.

Casi salió del cobertizo y al cabo de unos minutos regresó con unos panecillos, queso, embutidos y frutos secos. Los tres se sentaron en el suelo y empezaron a comer. Curiel se lanzó rapidamente a la comida. ¡Estaba muerto de hambre! Devoraba todo con ganas y, a medida que lo hacía, parecía recuperar la energía. Su cara ya no estaba tan pálida como antes y el pulso ya no le temblaba. Cale pensó que seguramente no habría comido nada desde que salió de las mazmorras del castillo de Wickenburg.

—¿No deberíamos avisar a Mayo y a Arco? —preguntó Casi con la boca llena.

—No, todavía no —contestó Cale—. Se me ha ocurrido un plan, pero debemos aguardar unas horas.

CAPÍTULO 7

El plan

Las horas pasaban muy lentamente y, desde el cobertizo, seguían oyendo disparos y las llamadas de los cuernos de caza. El equipo de búsqueda no pensaba abandonar su cometido tan fácilmente.

Mientras esperaban a que oscureciera, Cale abrió su bolsa y les mostró a Casi y a Curiel el libro hueco con las cinco semillas. ¡Estaban tan cerca de completar su misión!

En la bolsa también había guardado el collar de Mondragó. Al verlo, a Cale le invadió una gran tristeza. Se preguntó dónde estaría su dragón. Quería confiar en él, pero en el fondo no estaba convencido de que fuera a conseguirlo. ¿Qué iba a hacer si no regresaba? ¿Tendría que ir a buscarlo? No era fácil acceder a las escarpadas Montañas de Drago. Allí no habitaba ninguna persona, solo había dragones salvajes y especies de animales desconocidas. Pero si Mondragó no volvía, Cale haría todo lo que estuviera en su mano para recuperarlo, aunque tuviera que acudir a Antón a pedirle ayuda y este le prohibiera volver a tener un dragón. En esos momentos, lo que más preocupaba a Cale era que Mondragó no estuviera en peligro o acabara malherido.

«No pienso abandonarte, Mondragó», prometió Cale para sus adentros. «Si no vuelves, te buscaré aunque tenga que ir al fin del mundo».

Por fin, el sol se escondió por el oeste y empezó a anochecer. En el cielo, la luna empezaba a asomarse por el horizonte.

—Ha llegado la hora —anunció Cale—. Casi, envíales unas palomas mensajeras a Mayo y a Arco para que se reúnan con nosotros en el Bosque de la Niebla. Yo enviaré la mía a mis padres.

Casi escribió dos mensajes en un trozo de pergamino, los enrolló y metió cada uno en la funda de cuero que tenían las palomas en las patas. Después salió del cobertizo y lanzó las palomas al aire.

—A los castillos de Mayo y de Arco —ordenó. Las palomas alzaron el vuelo y salieron en la dirección que les había ordenado.

Cale escribió con una pluma un mensaje para sus padres:

Estoy en el Bosque de la Niebla. Venid urgentemente.

Sacó su paloma de la jaula e hizo lo mismo que había hecho Casi unos instantes antes.

—No tenemos mucho tiempo —dijo Cale observando cómo se alejaba su paloma—. Debemos llegar antes que ellos. ¡Vamos! Curiel, indícanos el camino.

Curiel salió del cobertizo con paso decidido. Parecía que la comida le había dado nuevas fuerzas. Miró a un lado y otro para comprobar que no los veía nadie, recorrió unos cuantos metros y se acercó a una gran roca gris que había cerca de unos arbustos. Sin vacilar, empujó la roca y esta se desplazó suavemente. ¡Estaba montada encima de unos raíles! Al moverla, dejó al descubierto una especie de pozo estrecho con unas escaleras.

Casi y Cale se asomaron al pozo sorprendidos. ¡Era la entrada a un pasadizo secreto! Estaba muy oscuro, así que Casi decidió volver rápidamente al cobertizo para coger unas antorchas.

Cuando regresó, Casi volvió a asomarse al pozo. Estaba preocupado.

—Cale, ¿no sería mejor que me quedara yo aquí por si vuelven los del Comité? —preguntó.

Cale sabía que su amigo sufría de claustrofobia y le daba pánico entrar en un sitio tan oscuro bajo tierra. Sin embargo, necesitaba que fuera con él.

—No, Casi, es más peligroso que te quedes —dijo Cale—. Además, te necesito.

Casi tragó en seco. No quería ir pero tampoco podía abandonar a su amigo.

—Está bien —contestó—, pero no te alejes de mí en ningún momento.

—Te lo prometo —dijo Cale.

Curiel fue el primero en bajar las escaleras. Los barrotes de hierro oxidado estaban resbaladizos y debía descender con mucho cuidado. Los chicos lo siguieron sujetando las antorchas en alto para iluminar el pozo. Después de bajar unos diez escalones, llegaron a un túnel subterráneo. Curiel les hizo un gesto para que lo siguieran. Era un túnel estrecho y no muy alto. Los tres tenían que avanzar agachados para no darse con la cabeza en el techo. Sus pisadas resonaban en el oscuro pasadizo y la luz de las antorchas producía unas sombras alargadas y siniestras.

A Cale le recordó a los pasadizos del Laberinto del Baobab. Esperaba que esta vez no tuvieran que enfrentarse a ratas rabiosas, ni que el túnel se llenara de agua. Por si acaso, decidió andar arrastrando los pies para no pisar a ninguna criatura peligrosa.

A medida que avanzaban, Cale observó que del túnel principal salían varios pasadizos. Levantó su antorcha y descubrió unos carteles de madera sobre la entrada de cada uno de ellos. Los carteles indicaban a dónde llevaban los distintos pasadizos. Cale leyó en voz alta:

—Castillo Carmona, Dragonería, Castillo Aragón, Bosque de la Niebla… ¡Estos túneles comunican todos los lugares de Samaradó! —exclamó—. ¿Quién los ha construido?

Curiel se giró y se llevó un dedo a la boca para pedirle a Cale que guardara silencio. Después continuó el trayecto, siguiendo en todo momento los carteles del Bosque de la Niebla.

Pronto llegaron al final del pasadizo. Una vez más, encontraron unas escaleras de hierro que subían a la superficie. Curiel puso la mano con decisión en el primer barrote y empezó a ascender. Cuando llegó a la parte de arriba, una gran roca bloqueaba la salida. Curiel la empujó y, al igual que antes, la roca se deslizó con suavidad sobre sus raíles.

Curiel salió al exterior seguido de Casi y de Cale. Se encontraban en medio de un bosque cubierto de una niebla muy espesa. Casi suspiró aliviado al poder respirar aire puro. Cale miró a su alrededor y reconoció inmediatamente el lugar. ¡Habían llegado al Bosque de la Niebla! Y no solo eso, habían salido por el mismo lugar por donde había aparecido el verdugo y su dragón la primera vez que visitaron el bosque y conocieron al Roble Robledo. ¡Seguro que Wickenburg había construido los túneles subterráneos! Así podía ir de un lugar a otro sin que lo vieran y controlar a todos los habitantes del pueblo. Cale apretó los puños indignado. ¡Wickenburg era mucho más mezquino de lo que pensaba!

Cale intentó no pensar en Wickenburg y concentrarse en poner en marcha su plan. Curiel y Casi lo observaban esperando órdenes.

—Curiel —le dijo Cale al anciano—. Será mejor que tú te escondas. Si Wickenburg te descubre aquí, te apresará antes de que podamos demostrar tu inocencia. Casi y yo buscaremos al Roble Robledo y esperaremos allí a nuestros amigos y al Comité.

Curiel asintió y acudió a esconderse entre la maleza.

—Vamos, Casi —dijo Cale—. Está a punto de comenzar el espectáculo.

Casi y Cale avanzaron entre los pocos árboles que quedaban en el bosque. La escena era desoladora. Había muchos troncos cortados y astillas desperdigadas por todo el suelo. Era el resultado de la perversa labor de Wickenburg.

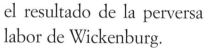

Cuando llegaron hasta donde estaba el Roble Robledo, el centenario árbol abrió los ojos lentamente y observó atentamente a los chicos.

—Bienvenidos de vuelta, amigos —dijo con su voz profunda—. ¿Traéis las seis semillas?

Cale se quedó callado. No sabía cómo decirle al viejo árbol que era probable que nunca consiguieran las seis semillas. El roble había depositado su confianza en ellos y le habían fallado. Por suerte, Cale no tuvo tiempo de contestar. En ese momento se oyeron unos aleteos por encima de los árboles. Cale miró hacia arriba y vio cómo entre la niebla aparecían Flecha y Bruma con sus amigos Arco y Mayo encima.

—¡Cale! ¡Casi! —gritaron al unísono al ver a sus amigos—. ¿Qué pasa?

Arco y Mayo tomaron tierra, se apearon de sus dragones y corrieron a reunirse con Cale y Casi.

—¡Has conseguido salir de tu castillo! —le dijo Cale a Arco. Sabía que a Arco también lo habían castigado.

—Sí, mis padres se han unido a la expedición de búsqueda y captura de Curiel y pude escaparme sin que nadie me viera —explicó Arco.

—¿Por qué nos has pedido que viniéramos aquí? —preguntó Mayo—. ¿Y dónde están vuestros dragones?

Cale les explicó brevemente la situación mientras sus amigos escuchaban con los ojos muy abiertos. No había tiempo para muchas conversaciones. En cualquier momento llegarían los padres de Cale acompañados del resto del Comité. Una vez que les puso al día de lo que había pasado y les contó cuál era su plan, se prepararon para la llegada del grupo.

—Vamos a quedarnos aquí hasta que vengan y no os mováis pase lo que pase —ordenó Cale clavando la antorcha en el suelo y sentándose con la espalda apoyada en el roble. Sus amigos se sentaron a su lado. Miraban de un lado a otro, nerviosos. Sabían que el plan era muy arriesgado. Si salía mal, era muy probable que los castigaran o incluso los encerraran en las mazmorras de Wickenburg.

Arco cogió unas piedras del suelo y preparó su tirachinas por si hubiera algún problema, mientras Casi se mordía las uñas sin

parar y Mayo observaba la vegetación atenta a cualquier movimiento.

El Roble Robledo y el resto de los árboles parlantes sentían que algo estaba a punto de suceder. Se mantenían en silencio con los ojos cerrados.

No tuvieron que esperar mucho. Unos minutos más tarde, se oyó un gran estruendo en la entrada del bosque.

GRRRRRRRR GRRRRRRRR...

Los cinco miembros del Comité, seguidos de decenas de hombres y mujeres montados en sus dragones y con las armas preparadas para atacar si era necesario, se acercaban rápidamente. Los dragones rugían y la gente gritaba seguramente para calmar sus propios miedos al haberse atrevido a entrar en el bosque prohibido.

—Ya vienen —susurró Cale.

Los cuatro amigos se quedaron inmóviles junto al Roble Robledo para recibir a la expedición.

El primero en aparecer entre la maleza fue Wickenburg. Iba montado en uno de sus

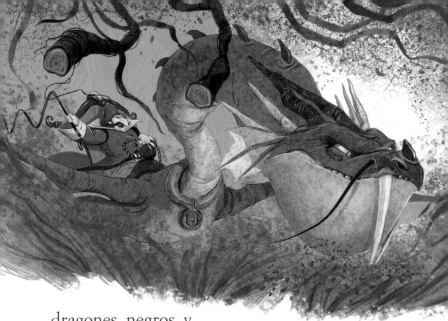

dragones negros y
azotaba su látigo con rabia.

Su otro dragón volaba detrás, lanzando bolas de fuego por la nariz. Detrás de ellos iba el resto de los miembros del Comité, seguidos de los ciudadanos de Samaradó. Cale localizó a sus padres y muchas otras caras conocidas.

En cuanto Wickenburg divisó a los cuatro amigos, le clavó las espuelas a su dragón con fuerza y salió disparado hacia ellos.

—No os mováis —dijo Cale a sus amigos cuando notó que Casi estaba a punto de salir corriendo.

Casi se tapó la cara con las manos y empezó a temblar.

Cale, por otro lado, no tenía miedo. Sabía perfectamente lo que iba a pasar. Se puso de pie, dio un paso al frente y se preparó para recibir al alcalde y al resto del grupo.

—¡AHÍ ESTÁ EL DELINCUENTE! ¡DETENEDLE! —gritó Wickenburg señalando a Cale. Su hijo Murda voló a su lado, a lomos de su perverso dragón Bronco.

—¡Cale! —exclamaron sus padres al ver a su hijo.

Cale miró al alcalde desafiantemente y esperó a que se acercara. Cuando Wickenburg llegó hasta donde estaban los chicos y desmontó de su dragón, tal y como suponía Cale que iba a pasar, los árboles parlantes que quedaban en el bosque abrieron los ojos, miraron al alcalde ¡y empezaron a gritar!

—¡EL VERDUGO! ¡EL VERDUGO! ¡EL VERDUGO!

Los gritos de los árboles eran ensordecedores y retumbaban en el bosque. Los hombres y las mujeres del pueblo los miraban aterrorizados y se tapaban los oídos. ¡No podían creerse que los árboles hablaran!

—¡EL VERDUGO! ¡EL VERDUGO! —siguieron gritando los árboles incesantemente.

Wickenburg se quedó inmóvil sin saber qué hacer, mientras Cale sonreía orgulloso. ¡Su plan estaba funcionando!

—¿Quién es el verdugo? —preguntó Cale levantando la voz por encima de los gritos de los árboles para que todos pudieran oírlo.

—¡ESE ES EL VERDUGO! ¡ESE ES EL VERDUGO...! —contestaban los árboles asustados.

—¡BASTA! —gritó Wickenburg—. ¡CALLAOS!

¡El alcalde estaba fuera de sí! ¡Miraba de un lado a otro buscando una salida! ¡Pero estaba rodeado! Los hombres y mujeres del pueblo lo miraban y se acercaban temerosamente en sus dragones con las armas en alto.

Wickenburg se sentía atrapado y, ante la sorpresa de todos, hizo algo que nadie esperaba. Agarró con fuerza su látigo ¡y empezó a azotar con él a todos los árboles!

¡CLAS CLAS!

—¡CALLAOS! —repitió—. ¡CALLAOS TODOS O ACABARÉIS CONVERTIDOS EN PAPEL COMO EL RESTO!

—¡EL VERDUGO! ¡EL VERDUGO! —gritaban los árboles ignorando los golpes.

Murda decidió ayudar a su padre. Se bajó de su dragón y sacó de su cincho una cadena que terminaba en una bola de hierro con pinchos y él también empezó a golpear los troncos con rabia.

—¡Nooo! —gritó Arco levantándose y apuntando a Murda con su tirachinas—. ¡Detente o disparo!

Pero a Murda no le impresionaban las amenazas de Arco. Estaba furioso y no pensaba permitir que nadie descubriera el diabólico plan de su padre.

Cale sonrió. No soportaba ver sufrir a los árboles, pero sabía que el alcalde y Murda se estaban delatando a sí mismos.

La multitud miraba aturdida sin saber cómo reaccionar.

—¡El VERDUGO! ¡EL VERDUGO! —gemían los árboles mientras el alcalde los azotaba.

Por fin, Antón, el robusto dragonero, decidió tomar cartas en el asunto. Se apeó de su dragón bicéfalo y se acercó al alcalde dando grandes zancadas. Cuando Wickenburg echó el látigo hacia atrás una vez más, Antón lo agarró por el brazo y se lo torció en la espalda. Después tiró de él hacia donde estaba Murda y enganchó la bola de pinchos del chico con la mano que tenía libre.

—¡BASTA! —amenazó—. ¡SE ACABÓ!

El alcalde forcejeó pero no tenía manera de librarse del fuerte dragonero. Su hijo Murda no rechistó. Si había alguien que le imponía, ese era Antón.

—¡SILENCIO! —gritó Antón.

—¡EL VERDUGO! ¡EL VERDUGO! —insistían los árboles.

—¡HE DICHO QUE SILENCIO! —repitió Antón.

Los árboles dejaron de gritar impresionados por el grito del dragonero. El bosque se quedó sumido en un silencio absoluto.

Durante un buen rato nadie se movió ni dijo nada. Los ciudadanos del pueblo observaban boquiabiertos la escena.

—Wickenburg —dijo Antón—, la evidencia de tu culpabilidad es indiscutible. Estás acusado de talar el Bosque de la Niebla, de acusar de tu crimen a un hombre inocente y encerrarlo en las mazmorras, y de poner en peligro la estabilidad del pueblo de Samaradó. Como ordenan las normas del pueblo, tú y tu hijo seréis desterrados a la Tierra Sin Dragones donde permaneceréis para siempre. Tenéis prohibido volver a poner un pie en nuestro pueblo.

«¡La Tierra Sin Dragones!», pensó Cale. «¡El sitio más peligroso del mundo!»

Cale había oído hablar de ese lugar. Era una zona fría llena de montañas, acantilados y cuevas escondidas en las laderas rocosas donde enviaban a los malhechores y delincuentes más peligrosos de todos los pueblos. Un territorio sin leyes donde no había dragones y solo sobrevivían los más fuertes. El destino perfecto para alguien tan perverso como Wickenburg.

—¡FUERA CON ELLOS! ¡LARGO! ¡ASESINOS! —empezaron a gritar los hombres y mujeres del pueblo.

El padre de Cale se acercó a Antón y miró seriamente a Wickenburg.

—Un momento —dijo levantando la mano para que la gente escuchara—. A pesar de que las pruebas parecen demostrar que

Wickenburg y Murda son culpables, siempre he mantenido que todos y cada uno de los ciudadanos tienen derecho a un juicio justo. No podemos sentenciar a nadie así, sin más. Propongo que mañana tengamos una reunión del Comité a la que podrán asistir todos los presentes y tomemos la decisión más acertada.

La multitud empezó a murmurar al oír la propuesta del padre de Cale. Era justo. No podían desterrar al alcalde sin darle una oportunidad de explicar por qué había hecho eso.

—Muy bien, así será —dijo Antón—. Esta noche llevaré a Wickenburg y a Murda a la dragonería donde los tendré bien vigilados. —Miró al alcalde—. Wickenburg, ¿tienes algo que decir antes de irnos?

El alcalde miró enfurecido al padre de Cale y después a Antón y gritó:

—¡No sois más que una panda de ignorantes! ¡Yo tengo el poder! ¡Yo soy el alcalde y el que manda aquí! ¡Suéltame ahora mismo,

Antón! ¡O pienso acabar con todos vosotros!

—Aquí lo único que se va a acabar es tu libertad —contestó Antón agarrándole el brazo con más fuerza—. Vamos, andando —llevó a Wickenburg y Murda hacia su dragón para atarlos y llevarlos a las dragoneras.

—Wickenburg, te recomiendo que no sigas abriendo la boca e inculpándote más todavía. Mañana, en cuanto salga el sol, celebraremos el juicio en el círculo de las reuniones —dijo el padre de Cale. Después miró a su hijo y le puso la mano en el hombro—: Cale, estoy muy orgulloso de ti. Llevábamos tiempo sospechando de Wickenburg, pero no conseguíamos encontrar suficientes pruebas para acusarlo.

Gracias a ti, por fin se hará justicia en el pueblo.

La madre de Cale se abrió paso entre la multitud y corrió a abrazar a su hijo.

—¡Cale! —exclamó—. ¡Estábamos tan preocupados por ti!

Cale sonrió y miró a sus amigos.

—No lo hice yo solo —dijo—. Sin mis amigos nunca lo habría conseguido.

Arco, Casi y Mayo sonrieron y se acercaron a abrazar a su amigo.

CAPÍTULO 8

Luna llena

Antón ató a Wickenburg y Murda a sus dragones para llevarlos a la dragonería mientras los ciudadanos de Samaradó comentaban lo que acababan de presenciar entre ellos, aliviados de que todo volviera a la normalidad y que su pueblo una vez más fuera un lugar tranquilo y seguro.

Pero la noche todavía no había terminado.

De pronto en medio del bosque, la niebla se abrió y un potente haz de luz de luna descendió desde el cielo e iluminó un lugar en el suelo.

Cale fue el primero en ver el círculo de luz blanca que se reflejaba sobre la tierra. Sabía perfectamente lo que significaba. Ese era el lugar exacto donde debían plantar las seis semillas. Sin embargo, Mondragó no había regresado. Tal y como Cale se había temido, su dragón se había debido de perder o

deambulaba distraído en algún lugar de las Montañas de Drago.

Cale estaba desolado. Había perdido a su dragón para siempre. Con la cabeza baja, se alejó de sus padres y sus amigos y se dirigió al Roble Robledo que miraba expectante.

—Lo siento, Roble Robledo, no tenemos las seis semillas —dijo—. He fracasado en mi misión y he perdido a mi dragón. Nunca debí permitir que se fuera.

Casi, Arco y Mayo fueron a su lado. Ninguno sabía muy bien cómo consolar a Cale.

—¿Qué quieres decir con que has perdido a tu dragón? —preguntó la madre de Cale.

—Yo… mamá… perdón… —consiguió balbucear Cale antes de que se le hiciera un nudo en la garganta que le impidió seguir hablando. ¿Cómo iba a contarles que Mondragó se había escapado por su culpa? Sus padres estaban tan orgullosos de él que lo último que quería era darles las malas noticias. ¡Había sido un irresponsable!

El Roble Robledo observó al muchacho y, de pronto, se dibujaron unas grietas en los extremos de sus ojos.

—Yo no diría eso tan rápido, querido amigo —dijo con una sonrisa.

CRAS **PLAF**

PUM

PATAPLÁN

El crujido de unas ramas y unas fuertes pisadas se oyeron en un extremo del bosque. Unos segundos más tarde, apareció una inmensa figura abriéndose paso entre la multitud.

—¡MONDRAGÓ! —exclamó Cale al ver a su dragón.

Los padres de Cale observaron al dragón sin entender nada.

Mondragó se acercó corriendo a su dueño. Estaba cubierto de barro y movía sus pequeñas alas y su gran cola de lado a lado. Sobre su lomo iba el hurón negro de Curiel, sujetándose desesperadamente con sus garras para no caerse mientras el dragón avanzaba dando saltos entre los dragones y los árboles. El hurón llevaba en la boca la semilla negra y brillante del árbol del dragón.

¡Mondragó y el hurón habían conseguido volver sanos y salvos y encontrar la última semilla!

Mondragó llegó hasta donde estaba Cale y le puso las patas en el pecho, haciendo que se cayera hacia atrás.

—¡Mondragó! —repitió Cale emocionado desde el suelo.

Mientras Mondragó restregaba el morro en el pecho de Cale, el hurón bajó de su lomo, se acercó a Cale y dejó caer la semilla en sus manos.

Cale la cogió, empujó a Mondragó para ponerse de pie y observó la semilla negra que brillaba con fuerza.

—¡La sexta semilla! —dijo mirando a sus amigos—. ¡Ya tenemos todas!

Casi, Arco y Mayo se acercaron a verla.

—¿Dónde están las otras? —preguntó Mayo.

Cale abrió su bolsa y dentro vio a Rídel, el libro hueco y el collar de Mondragó. Decidió sacar el collar lo primero y ponérselo a su dragón antes de que decidiera salir corriendo otra vez. Después sacó el libro hueco donde había guardado las otras cinco semillas y puso la sexta con el resto. Las seis semillas se unieron y empezaron a brillar intensamente, emitiendo una luz tan fuerte y cegadora que el bosque se iluminó como

si fuera de día. La gente se tapó los ojos deslumbrada. Sin perder ni un solo instante, Cale se acercó al círculo en el suelo donde se reflejaba el haz de luz de la luna. Escarbó la tierra con las manos y cuando consiguió hacer un agujero lo suficientemente grande, metió las seis semillas.

—¿Qué haces? —preguntó su madre con curiosidad.

—Recuperar los árboles parlantes —contestó Cale con una sonrisa.

Una vez enterradas las semillas, Cale las tapó con un poco de tierra, se levantó y retrocedió un par de pasos.

Casi instantáneamente, encima del lugar donde las había plantado empezó a formarse un remolino de viento que aspiraba la niebla del bosque.

¡FIUUUUUU!

¡FIUUUUUU!

El pequeño
tornado creció y se
levantó hacia el cielo haciendo un ruido muy fuerte.
Los hombres y mujeres retrocedieron
y llevaron a sus dragones detrás de los árboles
por miedo a que el tornado los arrastrara.
El torbellino giraba cada vez más rápido
formando una columna de niebla blanca que
ascendía hacia la luna llena.

De repente, en el cielo, aparecieron unas figuras aleteando que llegaban de distintas direcciones. ¡Parecía un enjambre de abejas! Pero no eran abejas, eran libros. ¡Los libros parlantes estaban regresando al bosque atraídos por la fuerza del torbellino!

El remolino hacía girar los libros en el cielo a toda velocidad. Hasta que por fin se detuvo, dejando la columna blanca de niebla en medio del bosque. Una vez más, el silencio se apoderó del lugar. La gente miraba

impresionada sin saber qué estaba pasando. Unos segundos más tarde, el torbellino empezó a girar en dirección contraria y el ruido comenzó de nuevo.

El remolino esta vez se estaba haciendo más pequeño y arrastraba con él a los libros que daban vueltas en la parte de arriba.

Los libros descendieron y, uno a uno, fueron posándose sobre los troncos talados de los árboles. Ante las miradas atónitas de todos, la madera de los troncos empezó a crecer alrededor de los libros, guardando en su interior las páginas con todos los secretos del bosque.

¡Los árboles parlantes estaban volviendo a crecer!

El torbellino siguió descendiendo hasta meterse de nuevo en la tierra y desaparecer. El círculo de luz de luna que se reflejaba sobre el suelo del bosque se apagó y la niebla volvió a extenderse entre los árboles.

La magia de las seis semillas había llegado a su fin.

Cale miró a su alrededor. El Bosque de la Niebla volvía a ser el de siempre. Los árboles parlantes alzaban sus frondosas copas hacia el cielo mientras hablaban todos a la vez y la multitud los observaba sin entender muy bien qué había sucedido.

—¡Qué pasada! —gritó Arco.

—¡Los árboles parlantes han vuelto al bosque! —exclamó Mayo.

—¡Lo hemos con-
seguido! —gritó Casi
levantando los bra-
zos en el aire.

Cale abrazó
a Mondragó.

—Eres el mejor
dragón del mundo,
Mondragó —dijo—.
¡Has salvado al Bos-
que de la Niebla!

El dragón movió la
cola contento y empezó a
correr haciendo círculos de
alegría.

Cale y sus amigos lo miraban y se reían.
En ese momento, Cale se acordó de Rídel.
¿Se habría convertido el libro también en
árbol? Abrió su bolsa y miró dentro.

En el interior, brillaba una luz muy potente de color verde. Una voz salió de entre las
tapas del libro:

**Ser un árbol sin pies
es un poco aburrido.
Yo me quedaré
siempre con mi amigo.**

Cale, Mayo, Casi y Arco soltaron una carcajada. ¡Rídel no los había abandonado!

Mientras celebraban el éxito de su misión, a Cale le pareció notar un movimiento detrás de unos matorrales. Era el viejo curandero que lo miraba escondido entre las ramas y sonreía bajo la capucha de su túnica mostrando sus encías desdentadas. El hurón había regresado a su lado y ahora descansaba sobre su hombro mientras Curiel lo acariciaba con sus manos huesudas. El anciano bajó la cabeza para felicitar a Cale, se despidió con la mano y, sigilosamente, se perdió entre los árboles. Ahora ya podía volver a su cabaña del bosque, donde nadie lo perseguiría y podría una vez más dedicarse a hacer sus ungüentos y medicinas curativas.

Cale sonrió de vuelta.

«Gracias por todo, Curiel», dijo para sus adentros. Después miró a Antón. El dragonero tenía bien amarrados a Wickenburg y a Murda y se preparaba para llevar al perverso alcalde y a su hijo a la dragonería.

Wickenburg apretaba los puños con rabia. Antes de que Antón levantara el vuelo, el alcalde miró a Cale y le lanzó una mirada asesina.

—¡Esta me la pagarás! ¡Te lo aseguro! —amenazó.

Pero a Cale no le impresionaban sus amenazas. No tenía miedo. Lo miró a los ojos y sonrió.

—¿Ah sí? ¿Cuánto? ¿Cien mil samarales? ¡Ja, ja! —se burló—. ¡Buen viaje y hasta nunca!

«Espero no tener que cruzarme con ellos nunca más», pensó Cale, «pero si se les ocurre volver, estaremos preparados. Con mis amigos y mi fiel dragón, no permitiré que nada ni nadie vuelva a poner en peligro a Samaradó».